스파크를 가졌던,
가지고 있는,
가지게 될 모두에게,
그리고 나에게 주신 부모님에게.

스파크

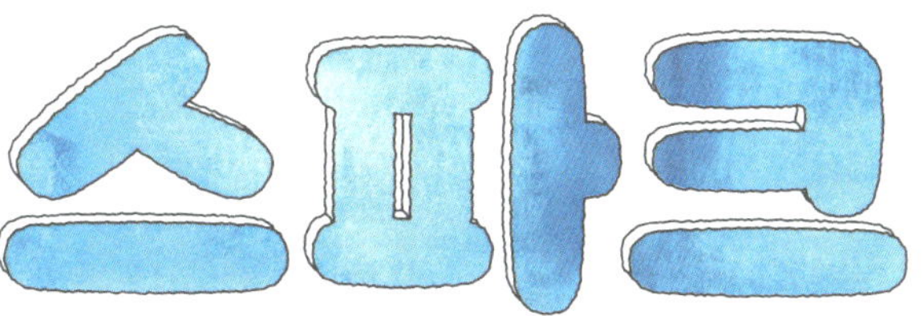

아니 카스티요 글·그림 | 박소연 옮김

달리

여러분,

이 마법은 대체 뭘까요?

살아 있다는 것 말이에요!

우리는 태어나기 전에

어디에 있었을까요?

우리 이전에 얼마나 많은 사람이
이곳에 태어났을까요?

얼마나 많은 사람이
스파크를 가졌던 걸까요?

우리는…
만지고,
냄새 맡고,
듣고,
말하고,
웃고,
울고,
잠자고,

꿈꾸고,
만들고,
춤추고,
주고,
사랑하고,
나누고,

노래할 수

읽어요!

우리는 어떻게 이 우주를

집이라고 부르는 행운을 얻었을까요?

이렇게 멋진 행운을 얻은 우리는
앞으로 무엇을 해야 할까요?

나
혼자서

또는 친구와 함께?

우리는 무엇을 보게 될까요?

친구를

세상을

자연을

미지의 세계를 만나요.

누구와 마음을 나눌까요?

가까운 친구와

작은 생명과

나와 다른 생각을 가진 이들과도

함께 웃으며 춤춰요.

반짝
스파크를

반짝
밝혀요!

감사한 것이 참 많아요.

바로 여기, 이 순간에도 말이에요.

모든 순간이 특별하죠.

앞으로 어떤 모험이

펼쳐질까요?

우리가 겪을 일들이
궁금하지 않나요?

비가 거세게 내리고

눈보라가 몰아칠 때도 있을 거예요.

긴긴밤을 견뎌야 할지도 몰라요.

그래도 상관없어요.
아무렴 끄떡없어요.
무엇보다 소중하고 특별한
선물을 받았잖아요.

우리에게는
스파크가
있어요!

우리는

살아 있어요!

이 세상에서

가장 소중한 여러분,

언제나 여러분에게

스파크가 있다는 걸 잊지 마세요.

글·그림_아니 카스티요

멕시코의 과달라하라에서 태어나고 자랐으며, 커뮤니케이션과 미술, 디지털 미디어를 공부하였습니다. 그녀의 작품은 멕시코, 캐나다, 미국에서 전시된 적이 있으며, 그녀의 유명한 시사만화인 <푸파 & 라비니아>는 10년간 멕시코 신문에 연재되었습니다. 지금은 어린 두 딸과 캐나다의 토론토에 살며 <토론토 스타>에 그림을 그리고, 카툰 그리기를 가르치고 있습니다. 멘탈 헬스 아메리카, 국경없는 의사회, 중독과 멘탈 헬스를 위한 캐네디안 센터 등의 기관들의 파트너로 인본주의적 작업을 하고 있습니다. 지은 책으로는《핑!》이 있습니다.

옮김_박소연

스미스 대학교에서 경제학을 공부하고, 서울대학교에서 MBA과정을 졸업하였습니다. 지금은 어린이 책을 만들고 있습니다. 옮긴 책으로는《많아요》,《엄마가 항상 곁에 있을게》,《내가 사랑하는 나무의 계절》,《용기 있는 아이 메이플》, 〈공룡은 이럴 때 어떻게 할까?〉 시리즈, 〈블랙 프린세스〉 시리즈, 〈리틀 피플 빅 드림즈〉 시리즈 등이 있습니다.

스파크

아니 카스티요 글·그림 | 박소연 옮김

1판 1쇄 박음 2022년 4월 8일 | 1판 1쇄 펴냄 2022년 4월 21일

편집 정재은 | 디자인 심흥섭
펴낸이 박소연 | 펴낸곳 (주)도서출판 달리 | 등록 2002. 6. 4.(제10-2398호)
04008 서울시 마포구 희우정로 16길, 17-5 | 전화 02) 333-3702 | 팩스 02) 333-3703
ISBN 978-89-5998-449-7 77840